KB120564

거짓말

시작시인선 0487 거짓말

1판 1쇄 펴낸날 2023년 10월 16일
지은이 김경
펴낸이 이재무
기획위원 김춘식, 유성호, 이형권, 임지연, 홍용희
책임편집 박예솔
편집디자인 민성돈, 김지웅, 정영아
펴낸곳 (주)천년의시작
등록번호 제301-2012-033호
등록일자 2006년 1월 10일
주소 (03132) 서울시 종로구 삼일대로32길 36 운현신화타워 502호
전화 02-723-8668
팩스 02-723-8630
블로그 blog.naver.com/poemsijak
이메일 poemsijak@hanmail.net

ⓒ김경, 2023, printed in Seoul, Korea

ISBN 978-89-6021-737-9 04810
     978-89-6021-069-1 04810(세트)

값 11,000원

*이 책 내용의 전부 또는 일부를 재사용하려면 반드시 저작권자와 (주)천년의시작 양측
 의 동의를 받아야 합니다.
*잘못된 책은 바꾸어 드립니다.
*지은이와 협의하에 인지는 생략합니다.
*이 시집은 경남문화예술진흥원 문화예술지원을 일부 보조받아 발간되었습니다.

거짓말

김경

천년의 시작

시인의 말

나는 시간을 봉인한 날벌레이다.
당분간 외출이 금지된 계절이다.
이를테면 너무 오래된 기억을 붙들고 날지 못하지만

여전히 나를 증명하는 음절은 오직
시다. 그뿐이다.

오늘 이후로는

아무 말이나 함부로 적지 말아야겠다고,
부질없이 나는 또 지금
얼마나 쓸쓸한 약속을 하고 있는가.

차 례

시인의 말

제1부

제2부

제3부

제1부

신수도

첫사랑을 버린 곳

순결을 두고 온 가을이었다

고읍, 650년 이팝나무에게

애인의 첫 편지처럼
묻어 두기 아까운 꽃이 있습니다

그 꽃은 맵지 않고 순해서
누군가에게 띄우고 싶은
맑은 시 한 구절 같습니다

미처 외우지 못하고 보낸
봄날의 후일담처럼

벼락 맞아 찢긴 가지와 뿌리에서 마디까지
650년 동안 돌려보낸
꽃 잎파리의 파란만장한 여정을,
나비 등 같은 수정란의 사연을
여기 속기하려 합니다

평생 동안 나를 두근거리게 한 사람
그 사람 닮은 꽃

오늘은 흰 물결로 일어 저토록

뭉쳤다가 풀어지고
속까지 가득 하늘을 채워

다시 한 시절
만발하고 있습니다

골점骨占을 보다

삼천포 바닷가 사람들은
오후 4시가 되면 집집의 문을 닫고
저녁 구름의 방향을 따라 골점을 본다
종이접기를 하다 잠이 든 그날 밤처럼
잠 속에서도
나는 종이를 접고 있었다
비행기였는지 꽃이었는지 알 순 없지만
하얀 종이들이 점점이 바다를 날았다
종이접기를 그만 둔 날은
나는 몹시 울었다
아버지의 골점은
숭숭 구멍 난 고래 뼈를 깎고 깎아
뼈 마디와 마디끼리
크기와 개수가 다른 구멍을 맞춰
나팔꽃처럼 높이 던지는 것이었다
엄숙한 의식을 할 때처럼
아버지의 아들딸은
아버지가 하는 양을
나팔꽃처럼 오종종 모여 지켜보면서 자랐다.

＞
아버지는 당신 골점의 마지막을
끝내 믿지 않았다
겨울 바다는 불가해해서
애초부터 꼭지점이 없는 점 따위는
심심풀이 땅콩이라며, 동해 바다를 헤엄쳐 온
혹등고래의 뼈를 지니는 것만으로도
아버지의 항해를 지켜 줄 것이라 믿었다.
주술적이긴 하나
아버지의 믿음은 내가
종이접기를 하는 것과 다르지 않았다

옥수수 찌는 여자

윤유월 이른 새벽,
만물로 거둔 옥수수를 찐다

땡볕 아래서 천 번은 더 몸을 뒤척였을
누런 실금들이 해초 같은 김을 뿜어내며
동력 없는 아버지의 낡은 목선 같은 백솥에서
칙칙폭폭 익는다

속이 좁아 너그럽지 못한 솥 안에서
이리저리 엉켜 가슴에서 꼬리로 뻗어 나간 긴 등뼈들

뛰고 달려온 옥수수의 힘이 솟아
온 동네를 익혀 내는지
쟁여 두었던 햇빛과 바람의 품사들을 뱉어 내며
저희들끼리 자리다툼으로 아우성이다

세상에 섞이기 싫어
고유한 냄새로 숨죽여 지냈던 시간들을 발산하며
여자의 모스부호가 접속 중

>
잊었던 주소록을 뒤지듯

칙칙폭폭 앞산이
여자의 치마폭을 들어 올렸다

삼계탕을 먹다

한때
나였을지도 모를 네가

한 생애를
건너가는 중이다

후루룩
너를 국물에 말아 먹는
낮 12시

언젠가는
너도 나를

후루룩
말아 먹고 싶을 것이다

낮 12시 대체 누가 최초의
삼계탕을 먹었을까

쉼표

들판을 산책하다가
이름 모를 들꽃 서너 송이 꺾어 와
식탁 위에 얹어 두었다

식탁이
아득한 푸른 들판이다

밥 대신
꽃을 먹으니
가슴 한가운데서부터 두근두근
꽃이 피는가 보다

한층 쉼표가 많아지더니

오늘 아침
차마 보지 못했던
한갓진 실여울 하나 생겼다

꽃들의 눈동자 같다

겨울 경주에서

피붙이 같은 별자리들이
밤새 줄행랑을 놓는 달방 같은 경주
경주는 내 피 속의 피
그 피는 망명가의 DNA를 가졌다
터무니없는 이야기에 천착했고
당신과 나는 전생의 운명 등고선이 같다고 믿었다

빙점을 넘긴 무너진 탑들이 하얗게 콧물을 흘리는
경주의 겨울은
남산의 탑들이 홑이불을 덮고
돌의 약력을 하나, 둘 지우면서 시작된다 한다

천오백 년을 버텨 온 삐걱거리는 거리도
무순 같은 사람들도
몸을 또르르 말아 걸어가는 경주

언젠가 첨성대에서 불국사까지 걸어간 적이 있다는 일행과
아무렇게나 누운 덤불양대밭에
흰나비 떼 같은 싸락눈이 탑처럼 내리는 골목에 서서
어깨를 맞대고 택시를 기다리고 있다

>

눈이 사과꽃처럼 핀 겨울 경주에서

나를 탁본하다

나를 탁본하면
여기저기 상처투성이 절망, 좌절

아무도 그녀를 알아주지 않습니다
때로는 미친 듯이 울기도 합니다

울다가 지치면 웃습니다
웃다가 지치면

먹기 시작합니다 지중해를 먹고
유프라테스강을 먹고

책을 먹고 도서관 하나를 통째로 먹고
고양이를 먹고
옥수수를 먹고

오순도순 내려앉은 오월 햇볕을 먹고
비둘기를 먹고
절벽을 먹고

＞
몇 번이나 뒤척거리는 밤을 먹고
풍경처럼 매달린 문 앞
방패거미를 먹고
굴뚝새를 먹고
석가탑,

겨우내 매 맞고 자란 당신의
내려앉은 등이

어정잡이, 나입니다

요즘 나는

이제부터는
파장이 있는 인생을 좀 살아야겠다고
인생은 좀 구겨지고
일렁거려야 맛이 좀 난다고

요즘 나는
그 생각을 가방이나
외투의 속주머니에 넣고 다닌다.

가방 속이나
외투 속에
그 생각을 넣고 온종일 주무르고 어르다 보니
어느새 나도 적당히 뻔뻔해지고
누군가를 미워하는 일조차
가뭇없는 허밍이 되었다

오래 품었던 분노를 내려놓고 먹은
순대국밥 앞에서
울었던 적도 있었다

>
파장은 상처에서 자라는
눈물 같은 것이어서

우리 집 화단을 데코레이션하던 은목서도
나와 같았을까

군데군데 썩어 있던 부위에
깊숙하게 파장이 쌓이고 있다

수국이라 부른다

오래 묵힌 입말같이
알레르기 비염 재채기같이

터지는 꽃이 있다

당신은 나와 멀지 않은 곳에 살고
밤마다 물총새가 우는 돌다리를 건너
당신과 나의 거리는
어느 시절이건 뼈저리게 곤궁했지만

이로 하여 죄다 고결한 당신은
어느 백척간두의 모롱이를 돌아

꽃으로 오고 있는가

여수 남해 삼천포
달뜬 해안선을 따라

한 꽃잎은 반짝이고
수만 꽃잎들은 글썽이는 둥근 고요

>

밀물에 바다가 자라는 순간처럼
쏴쏴 쏴쏴 꽃잎이 출렁거린다

꽃잎들이 잇몸째 출렁거리는
그동안을 나는

수국이라 부른다

스카프처럼

누군가를 용서하는 일은
지워 버리는 일 따위는 서글픈 일이지

스카프를 풀었다가 매는 일처럼
사소한 일 아니지

내가 목숨이라서,
용서하지 못할 사람에 대해 천둥 같은
미움이 있지, 평생 잊고 싶은 당신이 있지
제 발로 떠나간 당신이
무덤까지 가져갈 당신들이 있지

유독 당신에게서 맞았던 화살을
스카프처럼 벗어 내기 위해

아, 누군가를 용서하는 일로 하여 나는

스카프를 벗어 던지는 것처럼 그리
가벼운 일이라면

\>
너와 가까웠다가 멀어지는 것처럼

그 파란만장의 몇 년 후
먼 길 찾아든 낯선 손님 같은 필생이

고작 거기까지냐고 재차 물어보아야겠다

종유석같이 캄캄한 스카프를 매면서

끙,

생의 이목구비가
말라 가는 12월,

시외버스 터미널에 앉아
흰 돛단배 같은 사람들의 얼굴을 살핀다
두리번거리는 표정의 겹겹
터미널의 사람들은 모두 입이 없다
목소리가 없다

모두 얼굴을 가리고

떠나거나 누군가를 기다리는
금방이라도 깨질 것 같은
유리구슬 같은 걸음들

얼굴 없는 표정들은
앞앞이 받아 든
시간만을 카운트하고 있다

그 무엇도 어쩌지 못하고

맵찬 순간을 끙,
견뎌 내고 있다

그렇듯이 오늘
우리들의 세상도 끙, 입니까?

이별 퀘스트

집 나온 지 나흘,

오늘도 나는 아무 반성 없이
내 속의 앙큼한 편린들 또 함부로 일렁이고
마음 밑으로는 끼니처럼
그리운 이름들 스쳐 간다

풍치처럼 흔들리는 문밖
늦게 핀 저것들, 저 꽃들
저것들을 나 혼자 다 어쩌라고

꽃 속에

내가 뱉은 거짓말들
나를 지나쳐 간 거짓의 얼굴들이
새로 산 브래지어처럼
엎드려 있다

그러므로 나는 내일 다시 또
누구의 이름을 빌려

>

날계란 같은 검색창을 열고
저장된 안부를 열어야 할까

구안와사

너는 사생아,

결혼식도 안 한 채
아비 없이 태어났다
버림받은 골방에서 태어났다

내게 서운했던 얼굴이 겹쳐
불시착한 기울기를 따라 적막뿐인
벼랑길을 간다

이를 악물고 맨 앞에
낯선 나를 앞세우고 간다

아야, 어여,
오요,
우유,

수백 번도 더 입술을 공글리다 보면 마침내
내가 나를 업어 주고 싶을 무렵에 닿아

>
형평이란 단어를
가책 없이 발음할 평등한 입술이 다시
나를 찾아올 날 있을까

이미 태어난 근친의 얼굴이여,

징크스

자동차 문틈에 손가락이 끼였다
왼쪽 엄지손가락이 단호하게 끼였다
천둥 치고 벼락 때리듯이
손가락이 무너져 내리더니

손가락 사이로 차가 빠져나가면서
엄지손톱까지 데리고 나가 버렸다

엄지손톱을 잃어버린 것이
어떤 징크스였을까 그날 이후

무슨 일이든 한쪽으로 기울고
어제 보았던 불운이
오늘 내가 만난 불운이 되는 것이었다

기울기가 덧난 내 불운과
일인칭의 손톱은

손끝 매운 옷 수선집에서도
수선할 수 없는 것이었다

\>
동지를 갓 보낸 어느 날
빠져나간 손톱 자리에서 싹트는
낯익은 기척,

얼었던 개울물이 씀벅씀벅 초승달 하나를
작정한 듯 밀어 올리고 있었다

겹치다

나는 자주 무언가와 겹친다

당신과 사랑할 때도
당신은
누군가와 겹쳐 있었다

거짓으로 짓는 그늘 웃음에 난시 같은 눈물이 겹치고
체중계와 몸무게 같은
은총을 기대하는 단어들조차
내게서 서로 겹친다

날마다 조금씩 작아지는 나의 꿈도
누군가의 꿈과
겹치고 겹쳐 정작

어디가 바깥이고 안인지 잘 몰라
익명성에 사로잡힌 꿈을
함부로 사모하는
밑줄일 뿐,

>

휘발성이 있는 나의 저녁은
또 어느 꿈과 겹쳤을까

가시론

나는 가시를 사랑한다
가시가 날카롭게 박힌 가시나무들을 사랑한다

가시를 사랑하는 것은
제 안에서 상처가 된 옹이를 보듬는 것

한내천 변 하구
서러운 물줄기를 따라
흘러 들어온 상처들이 가득하다
상처의 눈동자들이 굴러다닌다
상처의 눈동자는
모서리마다 가시가 자란다

물가에 쪼그리고 앉아 누군가 버린
페트병 속 눈동자를 흔들어 보았다
누군가의 심장이었을
발달을 멈춘 짧은 꿈이었을,

나는 그런 가시를 사랑한다
가시가 있는 삶을 사랑한다

＞
시도 때도 없이 나를 드나드는
가시의 몸부림을 사랑한다

친정집 울타리를 에워싼 장미 넝쿨 가시에
몇 번 찔린 적 있는
나의 뒷모습을 들여다보았다

우물이었다
무척 탁했던 시절이었다

그러므로 나여, 힘내라

나는
수령이 오래된 노거수같이
고대의 문짝같이
삐걱거리는 몸이라서
어제는 삐걱거리는 몸을 데리고 시장에서
브로콜리와 피망을 잔뜩 샀다
브로콜리와 피망은
간지럼을 타지 않는다
삐걱거리는 입과 눈을 당겨 줄 밥이다
며칠 밤을 울었던 썩지 않을 기억이다
아침마다 배달되는 카톡 방에 기생해
한 생을 견뎌 내는 일과 같이
나는 삐뚤어진 입에 대해
얼굴에 대해 묻지 않으마
세상이 전부 브로콜리와 피망뿐인 것은 아니다
개울물은 개울의 결을 따라 제 길을 열며 흘러가고
용기 있는 전략가는
아침마다 카톡 방에 글을 올린다
아무도 읽지 않는 글들은
언젠가 내가 살았던 모습이다

\>

그러므로 나여, 힘내라

어머니는 이미 쪼그라진 사랑을

우편배달부가 어머니의 초승달 같았던 이마를 배달해 왔
다 낮달은 덤이라며 허헛 웃는다 어머니의 침대맡에서 어룽
어룽 숱한 모음들이 나비처럼 날고 있다 얼마나 견딜까 싶
었으나 기억이 벗겨져 나간 빈칸마다 사랑인 듯, 한 사내를
오빠라고 차곡차곡 그려 넣는다 함부로 버릴 수 없는 지난
한 생이었다고, 지킬 것은 마지막까지 간직하는 것이라고,
어머니는 이미 쪼그라진 사랑을, 마지막 짐을 옮기고 있네
판상절리 같은 그녀의,

제2부

미끌미끌 그도

주먹 속에
한 줌
별을 구겨 넣었다

주먹에서 빠져나가려고
한사코 발버둥치는
저녁별,

미끌미끌하다

젊은 날
뜨겁게 사랑했던 그도

이렇게 미끌미끌 내게서
빠져나가려 했던 것을,

손에 잡히지 않던 그도
미끌미끌 별이었을까

가족

우리 집 개들이
우리 가족을 닮아 간다

똥오줌을 치워 준 그날부터,
밥숟가락 하나 건네준 그날부터,
한솥밥을 먹은
그날부터

서울말을 쓰는 아랫집 여자가 올라와
너희의 목소리와 발걸음을 따질 때
해바라기처럼 고개를 꺾은 우리 가족이
쩔쩔매던 걸 쇼파 구석에서
바라본 그날부터,

너희에게 내가

—우리는 한솥밥 먹는 가족이야, 말한 그날부터

한솥밥이란 말은
한 숟가락이란 말보다 무거운 약속

뼛속까지 친화적이어서

형을
아빠를
엄마를 이미 닮아 버렸다

거짓말

당신의 변명은 늘 첫 줄이 서툴러 들키고 말지
내 눈물만큼의 이름쯤 더듬더듬
네게서 사라진다고 쳐

당신이 빌려온 구두 속 곳곳에 들어 있는 말
수시로 나를 찔러 대는 말, 속을 뒤집는 말, 누군가 밑줄
그어 놓은 첫말

당신의 거짓말은 오월에 끝날까

당신이 부산행 첫 버스를 타기 전에도 떠나고
애인의 사무실을 옮겨 다니며 몸집을 키우기 전에도 떠
나고
이미 고어체가 되어 캄캄해진 말
낡은 배처럼 비스듬히 기울어진 말

빈 벽을 마구 긁어 대거나
무엇이든 잘 마르는 5월의 처마 밑에서 둥지를 틀곤 하지

마지막 단락에서야 수그리는 말

테두리가 모난 말

횟수가 늘 때마다 내 꿈을 삼켜 버리는 말,
잉여가 없는 말
당신의 말은

오늘 하루 얼마나 힘드냐고

죄책감에게 모이를 주면
죄책감이 착해지려나,
성실하지 못했던 과거를 반성하려나, 아니
그럴수록 죄책감은 체급을 올려
요란하게 사이렌 소리를 내며 달아나려고 할 터
묵묵히 뿌리 내린 죄책감은
죄책감의 밑동일 뿐

홀짝홀짝 모이를 먹은 죄책감이
뚱뚱해진 죄책감이

오늘 하루 얼마나 힘드냐고,

체면을 버리고
인체 요해도 위에 벌렁 드러눕는다

5년 동안 소식 없이 떠돌다 이미 집에 들어선
어느 해 가을의, 아버지처럼

장다리꽃 등대

모든 혁명은 저렇게 감옥에 갇혔을 때
장렬한 것인가

탱탱해진
뭍과
바다 사이

하늘에서 가장 가까운 별관을 짓고 있네

각각의 등성이로 경배의 얼굴 모양을
서로 간 받쳐 주며
끓어오르고 있네

버릴 것을 알면 깨지지 않는다고
포물선을 그리며

요철 많은 슬하에 갓 차린 제물처럼
둘러앉아 있네

칠월 장마

5초마다 한 뼘씩 자라는
여름벌레 당신은 나의 우울한 보호색

동굴처럼 어둑어둑한 당신은
칠월에만 내게로 온다

나는 지하 암반수 같은 당신을
하염없이 퍼올려야겠다

하물며 묵묵부답의 당신도
나와 같은 우주의 공동 재화여서
그러므로 우리 사이
밧줄로 배를 매는 것처럼
든든한 뒷배가 있어야 했었다

토끼풀꽃에게만 친절한 당신은
먹구름의 아랫것

내가 다니는 한의원 한의사같이
간신히 몇 마디 던지는

또 하나의 자연,

불친절한 당신이다

두레 농법

이른 아침

수오재 뒤편 무화과나무에
직박구리 부부가 찾아와 다정도 하게
한참을 놀다 갔습니다

한 해 지을 농사가 네 몫만은 아니라고

무화과나무에 찍힌
그 무엇도 재촉하지 않는 발자국들
맑은 둘레를 이루고

짧은 속치마를 들치며 파랗게 솟구쳐 오르더니
이른 아침의 갈피를 바로잡아 주더니

노루귀 다닥냉이 깽깽이풀
은방울꽃 당수국

어여쁜 우리나라 꽃 이름들
알맞은 간격으로

꼭꼭 심어 두고 갔습니다

두레 농법으로 키우는 봄날

이승에서 누리는 호사입니다

구두를 옮겨 심다

너를 옮겨 심었다

덜컹거리는 덧문 같은 너를
꾹꾹 옮겨 심었다

오래 밖에 서 있었던 너를

겨울 해안가 빈 상점을 지켜 냈던 시린 꿈을

햇볕 창창하던 모래사장을

거친 노정의 어긋난 문장들이
오해와 원망의 냄새가 지독하다

독재자의 냄새다 버림받았던 흔적이다

이미 삭아 내려 의사가 바꿔 버린 무릎뼈같이
옮겨 심은 구두는 울퉁불퉁 등짝에
기다랗게 후유증이 남았을 것이다

>
어쩌다 짝을 이룬 아버지를 첩첩
먼바다까지 배웅하던 어머니의 망망대해처럼

이목구비가 흐려져 무뚝뚝해진
구두의 행간을
제자리로 배웅해야 하겠다

전지전능한 재판관

달리아는 저 혼자
벙그는 것이 아니다

저, 우주에 보석금을 내고
집행유예 기간만큼만 한 겹 한 겹
달리아의 껍질인 것
목숨인 것

그 외
온몸이 떠도는 핏줄이라서
무릎 구름들이 아픈 서로의 무릎을 주물러 주며
뭉쳐 피었던 생

한때였다

그 목숨
이제 돌아갈 때라고

전지전능한 재판관이 가타부타 묻지 않고
대문짝만한 판결문을

하늘에 내다 걸었다

느닷없이
소나기가 다니러 왔다

옷걸이

나의 배후
너는 시간을 봉인해 버린
날벌레이다

이를테면 너무 오래되어 기억나지 않지만
평생 달고 사는 전염병같이
환절기같이

몸인 것아
너는 입도 벙긋 못 하는 외줄기 목숨이다

다만 홀로 키운 너의 어둠을 데리고
어느 새벽녘 마침내 나도
동해선 기차를 타고
빈 몸의 협곡을 건너갈 테지만

내 말을 엿듣는
귀가 쫑긋한 어둠의 자식인 것아

너를 데리고 밤마다 나는

원데이 농담을 주고받는다

대관절,
캄캄함을 견디는 동거는 없네

꽤나 이름값 하는

처음엔 나무의 긴 목인 줄 알았다
너무 뜨겁고 길쭉해서
하마터면 껴안을 뻔했으니까 여자가
연탄재처럼 꺼져 가고 있었지 자세히 보니 울고 있는 게
아니었어 성질 고약한 염소처럼 짖고 있었지

여자는
그림자가 없는 명아주잎처럼
없는 뼈대를 그러모으면서 흔들리고
긴 터널을 달려가는 기차 속에서—응, 응, 반말 투로,
—이제 와서 어쩌라고, 시비 투로

긴 등뼈를 덜컹거리며 전화를 하고 있었어

모든 인생을 달관했거나 포기한 것처럼 말이야

나는 그녀의 뼈를 문득 두드려 보고 싶어졌어
저런 여자의 뼈의 소리는 어디까지 달아나는지 궁금해
졌거든 그리고
—완전한 사랑은 오지 않는다, 고, ~~

유독 사랑과, 완전한,에 악센트를 주는 그녀의 탁한 음
절 어디쯤에서 나는
여자를 뒤돌아본다, 완전한 사랑이란 기막힌 유추, 뒤돌
아본다는 것일 거야
상처가 깊다는 뜻일 것이다

기차는 여자와 같이 달린다
간혹 찔끔찔끔 눈물을 찍어 내며 전화를 하고 있던 여자
가 대뜸
—상처는 흐르는 거야,
뜻밖에 경쾌하게 발음되는 상처라는 말, 그녀의 앞말이
세상 가장 아픈 마지막 행렬처럼 들렸다
—거두절미하고, 여자가 또 말했다 그 말은
기차 속에서 본의 아니게 엿들은
그녀의 마지막 말이었다

목소리까지만 흘려 놓고
여자가 스스로
어느 간이역에서 하차한 것으로 되어 있는 것처럼
누구에게나 상처는 있다 생의 간이역에서 상처는 스스로

하차할 줄 알아야 한다

가까스로 여자의 자취를 돌려보내고
한때처럼 나도
상처의 시절을 살고 있을 뻔했다

노루

입을 틀어막은 단풍나무의 맨발이 CCTV의 뒷모습을 지켜보는 사내의 집, 검은 지붕을 가진 집의 발치를 따라 오늘도 산책 길에 오릅니다 열린 대문 사이 사내의 석간신문이 배달되고 말 못 할 사연의 마른 물굽이가 잠시 머물다 간 자국이 선명합니다 근심을 나눠야 할 이웃과 단절하고 소소한 일상도 공유하지 않는 납작 엎드린 그 집 어디선가 쿵, 투둑, 오늘은 웬일로 떠들썩합니다 장작을 패는지 간혹 고개를 들어 어딘가를 바라보는 사내의 실루엣을 달 저편에서 처음 보았습니다 뒷모습 아니고는 아무것도 보여 주지 않고 되도록 더 깊은 어둠으로 들어가듯 불빛도 없이 장작을 패고 있나 봅니다 어쩌면 이듬해 봄쯤에는 그의 마음에서부터 그가 천천히 걸어 나올 것이란 생각으로 서걱거리는 산책 길, 나는 당신의 이름을 노루라고 지었습니다. 그냥 그러고 싶었습니다

고인돌 대화

사천왕사 가는 길가
착한 중학생 머스마들 같은 청동기시대가
착한 중학생 머스마들만 한
푸른 돌덩이들이

근심 많은 얼굴로
시처럼 반짝이고 있었어

비파형 동검과
반달돌칼을 쓰던 어느 부족장의
펄펄 끓는 가슴 위로
수없이 활공하던 달 아래

알레르기성 감기 같은 1년 치 풋연애는
허망할 것도 없어
그러므로 나는 이들과 같은 핏줄

이천오백 년쯤은 족히 묵은 앞품 큰 사내를
이따금 사랑한 때가 있었네

>
묵묵히 서풍을 맞으며 또 다른 미래를 향하는
무정물의 근원을 두고

앞뒤 길 없이 주저앉은 인동꽃 곁에서

먼 여행자의 사후가
쉼 없이 제 심장을 여닫고 있네.

흑두루미 일지

해 질 무렵 종포마을 조그마한 기수역
잘 자란 갈대밭에

온몸에 방주의 잔물결을 두른
흑두루미들이 찾아 들었다

칠게
콩게
방게, 농게
그들의 놀이터에서

유라시아 대륙을 건너갈 그들이
마른 목을 적시기 위해
나락꽃 같은 상형문을 마시고 있다

수천 세기 동안 철썩였을 바다는
동화처럼 반짝이고
내 마음 총총해질 때까지 너를 배우고 싶다

갈대들의 방언을 양각하는 물결이여

\>

이 뺨과 저 뺨이
캐스터네츠처럼 부딪쳐 소리 내는 바다여

낮달이
제집에 찍어 둔 발자국을 따라

나는 지금 잘 여문 자연의 완성을
하염없이 엿보고 있다

제3부

그녀의 사서함

니바븐지대로무꼬대이나

바람 부는 대로
꽃 피는 대로

그녀가 적어 보낸 밥 안부입니다

몇 가지의 불운이 나를 덮친 한 해를 보내면서
나는 공연히 저 까마귀를 원망하는 버릇이 생겼다

창문을 닫아걸고
이른 잠을 드는 집집의 처마 끝을 따라
일회용 물수건 같은 근심들이 달려 있는 거리를
나는 어제처럼 걷고 있다
마지막 골목 모퉁이에서
언젠가 내가 만났던 까마귀를 다시 만났다
몇 가지의 불운이 나를 덮친
한 해를 보내면서 나는

—재수 없는 까마귀, 라고

공연히 저 까마귀를 원망하는 버릇이 생겼다
그것이 나를 위로하는
내 불운을 위로하는
한 방편일지 모르나
까마귀 딴에는 제법 억울할 법도 하단 생각이 든다

조금 무안해진 나를 읽은 까마귀가
어리둥절한 표정으로
고개를 갸웃하더니

>
슬픔은 저마다 목적지가 다르다며

오히려 내게 슬금슬금 수북한
측은지심을 보낸다

늦은 밤 아버지가 식솔들을 단속하며 닭장의 덧문을 잠
글 때 짓는
표정으로 그렇게

그윽하게,

십년다리

청바지 입은 늘씬한 아가씨 같은
삼천포 노산공원 아래 십년다리

이물감 없는 이름이다

아가씨의 롱 다리를 따라 바다를 한 바퀴 돌면
눈 깜짝할 새 10년은 젊어진다는
거짓일 게 뻔한
엄살스러운 안내 문구에 홀려

한 10년쯤은 젊어져 보겠다고
꾸역꾸역 십년다리를 건너간다

어디서부터 따라왔을까

눈도 제대로 보이지 않는 털북숭이 개 한 마리
제법 비장한 얼굴로 따라 걷고 있다

어쩌면 너도 나와 비슷한 수십만 평 여정에 올라
몇 차례 윤회를 반복한 운명,

>
낱낱의 네 사연은 묻지 않으마

다만 낯선 기항지를 하염없이 떠돌았던
너의 이주의 내력은

어느 한 시절
나와 같은 속도가 아니었을까

그의 이름에서

　공고를 졸업하고 상경하여 관공서 비데 고치는 일로 생계를 꾸리던 초등학교 동창 덕인이가 죽었다 남편과도 동창이어서 나란히 문상을 한다 오십육 년을 살아온 한 사내의 수식어가 부족한 삶의 마지막이 놓여 있는 건국대학교 장례식장은 오후 네 시를 막 지나고 있다

　시절 모르는 겨울비는 추적추적 내리고 겨울비를 맞은 젖은 마음에 수많은 물집이 진다 두 딸과, 아들 낳을 거라고 또 봤다는 늦둥이 막내딸이 꼬무락꼬무락 그 맑은 눈으로 문상객을 맞는다 오래 앓은 간염이 급성으로 돌아 임종 무렵 병원에서 굳이 집으로 가고 싶다던 덕인이

　슬픔은 겹으로 오는 것인지 엎친 데 덮친 격으로 직장암 3기 판정을 보름 전에 선고받아 얼굴에 노랗게 황달이 온 야윈 망자의 부인이 망연자실 울고 있다 쌍초상 나겠다고 울음을 말리는 문상객 사이로 우리 생을 되비춰 보는 어두운 길 하나, 누구나 멈춰야 할 시간이 있어 죽음은 저렇게 명료하여 어둠이 되는 것일까 한 걸음 뗄 때마다 죽음과 가까워지는 일일까

>
땅에 묻히기 전에는 모든 죽음도 아직 이름인
그의 이름에서 푸른 싹이 올라왔다
어쩌란 말인가
이승과 저승 간은 꽃 피는 것이어서 먼 곳이어도
서로를 껴안아 주고 싶었던 거지
꽃 피고 싶었던 거지

식물법 도리

마지막이란 생각으로
급히 피어서일까

집주인이 떠나고
덩그러니 남겨진 50년생 매화 한 그루
곁가지부터 꽃을 맺었다

꼿꼿하게 나머지 없는 세상을
살다 가겠다는 듯, 너는

바다 쪽으로만 고개를 꺾어 피었다

꽃송이 깊숙이
아가들 앞니 같은 어린잎들을
턱받침으로 달고 두서없이 피었구나

꽃과 잎이 앞다투어 핀 것은
바람 탓만 아니리라

정들었던 그 사람

한 소절 그리운 것만 아니리라

사람은 놓치고 사는 도리를 알아
제 집이 무덤이라도

식물법 도리로 꽃 핀 청맹과니 봄날아,

그러므로 바다와 본적本籍이 같아
노심초사 태어난 세상아

일망무제의

누군가 집 앞 공터에 버리고 간 이삿짐 더미에서
여기저기 뜯겨 나간
모란꽃 자개장을 보았다

급하게 개켜 넣은 주인 잃은 옷들이
늙은 자개장 속에서
종국의 기억을 찾으려고
안간힘을 쓰고 있다

아래턱이 빠져
완강하게 자물통까지 걸고 있지만
모란꽃 자개장은 이미 체면을 버린 채
지난 시간들을 움켜쥐고
일망무제의 이야기를 들려주었다

아직 살아 있다는 듯 간혹,
옷장 속 인연을 꺼내 말리던
씀바귀 같은 옷들이

큰 그늘로

작은 그늘을 보듬어 주며
부지런히 제 안에서
서로를 견뎌 내고 있다

그 곁에 서서
자분자분 여물어 가는 분꽃들

적막으로 회귀하는
한 생의 마지막을 받아 적고 있다

아랫것

순서대로 들이닥친 불행 때문에
살기 참 힘들었던 그해

죽고 싶다고 입버릇처럼,
이럴 수도 저럴 수도 없을 때

운명이 내게 물었다
정말 죽고 싶냐, 고

그날 밤
거푸집같이 쌓인 밤 별들이
누가 알아주든지 몰라주든지
가만히 어둠을 돕는 것처럼 찾아와
어느 흰 별의
캄캄한 아랫것이 되어

쪽팔리게 살아왔던 나도
홀연히 아랫것이 되고부터 불현듯
환해지기 시작하는

\>

이 세상 으뜸의 일처럼

아랫것들은 모두 높이가 같다

루브라참나무 같은 비가

수상하게 비가 내린다
루브라참나무 같은 비가 내린다
가난도 이웃이 되어 버린
통창동길 26번지

허둥지둥 지은 가건물처럼 서 있는
청매 한 그루 아래

루브라참나무 같은 비를 맞으며
루브라참나무 한 그루 같은 사내가

표현의 자유를 데리고 지나간다

은밀하게 누군가를 꺼내 보기 좋은
검은 심장의 밤,
아직 갱신하지 못한 여자의 입술과
목덜미를 기억하며

가령 살아 있으면 다시 만날 거란 헛말도
서로를 멀리 데려가는 사랑의 속성처럼

\>

돌아보면 그대, 우리의 사랑은
그대 잘못만이 아니었다

언제 그랬냐는 듯 젖은 결계를 풀고
루브라참나무 같은 사내가 지나간 자리

긴꼬리딱새 같은 잎새가 달렸다

석류나무를 배경으로

매지구름 같은 아버지가
사업차 월남 다녀오면서 카메라를 사 오셨다

할아버지가 큰오빠 태어난 해 기념으로 심었다는
친정집 석류나무를 배경으로

중학교 1학년 단발머리 새침데기 언니와 딱섬으로 시집간
나보다 두 살 위 옆집 선임이와 분점 언니, 욕쟁이 두점 언
니, 중학교를 졸업하고 해군 중사와 결혼한 두례, 동네 오빠
랑 열다섯 살 때부터 연애를 해 19살에 첫아들을 본 숙자, 초
등학교를 졸업하고 서울 방직공장으로 떠나고는 아직 한 번
도 보지 못한 얼굴 독진으로 한쪽 눈이 부어오른 점삭이, 첫
결혼에 실패하고 지금은 실비집을 하는 옆집 꼬마 연희. 새
침한 갈래머리 어린 계집아이인 나와

50년 전,
동네 애들을 불러 모아 아버지는
기념사진을 찍어 주셨다

사진을 찍어 주었던 아버지는 25년 전 돌아가시고, 사진 속

딱섬 선임이도 간암으로 3년 전에 죽었다는데

다시 5년쯤 후에는 누가 세상을 뜨고
또 누가 살아 있어
사진 속 어린 이름들을 불러 줄까

그날의 기억 아직 생생하고
옛 시절 그리워 문득 앨범을 정리하는
특별할 것도 없이 아주 사소한
2021년 음력 설날 저녁

문득 연락드립니다

발원이란 단어에 울컥합니다

겨우내 죽었는가 싶었던 명자나무가
봄날의 끝물인 오늘에서야
젖꼭지 같은 꽃봉오리를 맺었기 때문입니다

지난여름 다솔사 안심료 처마에 듣던
여름 소나기가
제 몸 떨어진 곳에서만 더 푸르던
찬란함을 함께 본 적 있었던가요

꽃은
처음 꽃인 자리에서
이듬해 다시 꽃으로 온다더니
늦깎이 명자꽃
봄비 탯줄을 따라 탐스럽게 봉오리를 맺어

이 울에서
저 울까지

>
옮겨 심은 빗줄기가
구절양장 흘러가고 조바심쳐
우리 마음 등성이에 발원한 건 아닐는지요

하여서, 문득 연락드립니다

노산공원 애기동백

내 나이 열일곱 무렵부터 피던 꽃
첫사랑도 함께 피었다

삼천포 바다 푸른 물결을 타고 오른
붉디붉은 꽃송이들이

슬퍼도 서럽지 않아
애간장 타도록 피는 꽃

혼자 보며 술 취하기 좋은 꽃
술 깨고 나면
낯선 당신이 되는 꽃

문득, 달 지듯
동백 지면
붉은 소문만 무성할 저 꽃들의 운율이

어느 바다 용궁으로 숨어들었다가
내년에 다시 떠밀려 층층
붉은 동백으로 올까

제4부

팬지꽃

함부로 누군가를 기다리지 않겠다던
모락모락 핀
흰 팬지꽃 옆

흰 무덤 한 채 찾아들었다

먼 이국땅
어느 여인의 이름 같은 팬지꽃 곁

살아서 성깔 칼칼하던
김금순 막내 외숙모가

치매를 앓아 이름조차 잊은 채
지상의 가장 마지막 여름을 세 들었다

청색의 이른 저녁 길

얇고 질긴 별 하나
급히 빠져나가고 있다

발칙하게, 각시붓꽃

관등성명도 없이
저 외로워요, 발칙하게
콧소리로 킁킁 말을 걸어오네
다리 긴 의자 위에
편안하게 앉으라 권하며

빌어먹을,
제가 각시붓꽃을 닮았다나요

그 잠깐

밤물결처럼 흔들리고
목적지도 없이 흔들리고
이를테면, 당신은 늙은 적이 없지만
긴 속눈썹 때문에 옅은 잠귀에도
은밀하게 사랑을 흘리고요

목울대에 사연 많은 골짜기를
주렁주렁 달았군요

>
책갈피처럼 몸이 접힐 때마다
앞가슴을 슬쩍
의도적으로 보여 주는 여자

은근히 땡기는 여자,

아뿔싸

우락부락하게 생긴 남자가
새까만 세단의 차창을 차르르 내리더니
클랙슨을 빵빵대며 손가락질로
뒤쪽을 가리킨다

나도 은근히 우락부락해져
우락부락 무시하고 달리는데
우락부락한 신호등 앞에 와서 또
우락부락한 그 남자가
뒤를 가리키며 우락부락 소리를 질러 댄다

나는 더 우락부락한 얼굴로
우락부락을 쥐락펴락하며
우락부락하게 백미러를 보았다

아뿔싸

좀 전에 주유를 하고 뚜껑도 안 닫고
우락부락 달려온 것이다

>
나는 금방 무안해져
우락부락을 펴고 웃는다

우락부락도 때론
우락부락만이 아닐 때도 있는 것을

우락부락한 님에게
우락부락해서 죄송요

건널목

내 생의 에필로그 같은 입구
낡은 뼈가 비에 젖고 있다

젖은 뼈를 지나 버스 한 대가 지나가고
택시 여럿이 지나가고
우산 펴는 소리 후루룩 국수 가락처럼 지나가고
애인들의 티격태격이 지나가고

발을 헛디뎌 발송하지 못한
나의 불우한 인사말은 우선멈춤 하고 있다

지금 저기, 늙은 건널목을 스치는 먹구름은
한 번쯤 나를 다녀간 먹구름, 내가 먹어 본
어두운 문명 세계의 밑창

나는 겁이 없는 계절이었다

우여곡절을 안고 취미처럼 일평생
허리를 수그리고 살았다

\>

잘 갖춘 기성복을 입고
낯선 문을 기웃거렸던 나는
납작납작 얼굴을 바꿔 식물성의 꿈을 꾸기도 했다

한꺼번에 쏟아붓는 소나기처럼
불각시리 닥친 불행들

한철 호되게 겪고 있다.

칩

누가 내 얼굴에 칩을 넣었나
작정하고 칩을 넣고 돌돌 말아 버렸나

아침에 자고 일어나니

그럴 수밖에 없다는 듯이
세상이 삐딱해져 버렸다

평소 내가 좀 삐딱한 사람이긴 하나
얼굴까지 삐딱해지니

거울조차 나를

삐딱한 세월만 말아먹었다고
선반 위의 화선지처럼 돌돌 말아
몸 밖으로 데리고 나가 버렸나 보다

잔뜩 구부려야 제 몫을 다하는
주전자처럼,
소주병처럼 살지 않았다고

\>

어쭙잖은 솜씨로

인생 꾀죄죄하게 살았다고

하느님이 나를 벌하는가 보다

실상사 배롱나무

소원 하나는 흔쾌히 들어주신다는
실상사 철조비로자나불 같은

두 분 내외지간
실상사 배롱나무

참 편안하게도
온 세상 밝히고 있다

다 쓰러진 몸피에
그것도 몸이라고
몇 낱 아스라한 심장을 달고

내년에 왔으면 영영 못 봤을 거라며
할머니 배롱나무
호호홋 소녀처럼 웃으신다

그 곁에
아직은 늠름한 할아버지 흰배롱나무
산문 밖까지 따라 나와

\>

어여 가라고,

여비 두둑이 찔러주시며 배웅하는
큰 오라비처럼

신수도 막배

얼마나 많은 뱃길을 오고 갔을까

구레나룻 거뭇한 사내와
팔다 남은 잡어 새끼 몇 마리 고무 다라이에 담아
집으로 돌아가는 아낙과
고등학생 두어 명을 싣고

깊은 골짜기를 벗어나듯 바다를 껴안고
막배가 나아간다

허겁지겁 다가서는 석양과
뒤척거리는 검은 물살 위에서 너는
바람 없는 날들을 골라가며
맘 좋은 섬사람들과 살아왔다

이제 아주 쉴 날이 머지않았다고

등뼈를 잔뜩 세운 초저녁을 따라
둘레를 한껏 펼쳐 중심을 키운
신수도행 막배가

>
고물 끝에 눈발 같은 파도를 달고
좌고우면하지 않고
직진 항해 중이다

한때 내 사랑도 저러했었다
저 뱃길을 오고 갔었다

오늘은 우두망찰!

할아버지와 할머니가 찔레꽃처럼 숨어들어
아버지를 낳고 그 아버지가
큰오빠와 우리 일곱 형제를 낳고
일평생 아버지가 피우던 청자 담배 이름과 똑같은
세 살 때 죽었다는 청자 언니를 묻은
남해군 고현면 오곡리

산벗나무 피더니 덩달아
죽은 청자 언니 같은 산수국 피었다

한때는 이곳에 나루터가 있어
산닥나무 서어나무들로
대장경을 판각했다지

그러므로 이제는 불력으로 세운 과거
기억할 일조차 까마득한데

오늘은 우두망찰

불력으로 지키려 했던

산벚나무 피고 산수국 뒤따라 피어

어릴 때 죽은 청자 언니가 아직도 살고 있는
백성들의 마을

내용증명 같은 그런 봄날이여,

남일대 코끼리바위

은사시나무 푸른 잎사귀같이
반짝이는 남일대 바다에는
물고기 심장을 가진 코끼리가 산다

코끼리바위 등을 타고
푸른 물살에 맨발을 넣는 바다는

장난기 많은 물결이 되어

어둡고 푸른 서쪽을 향해 개개비 알들을
제집으로 돌려보내는 것처럼
높거나 낮게 하염없이 흘러
먼바다에 닿는다

이 바다는
참나리 만발하는 해안길을 따라
손가락을 걸었던 연인들의 풋연애가
군데군데 아직 남아 있고

한꺼번에 여러 채의 파도를

장작더미처럼 백사장에 부려 놓고
바다가 우는 날도 있다

그런 날이면 코끼리바위가 찾아와
자자손손 마을의 안부를 묻고

바닷가마을 집집의 창가에는
신화처럼 눈이 쌓였다

비밀번호를 잊어버렸을까

가난한 동네의 겨울 골목
키 낮은 집들이
호주머니 속으로 손을 집어넣는 것처럼
얼굴을 묻고 있네

뒷집 키 큰 참오동나무
없는 어머니 대신
시름시름 늙어 가고

어림잡아 40년 전쯤에 아니
50년 전쯤에
어머니가 우리 여섯 형제 몰래
부랴부랴 울음을 훔치던 이 골목은

세월에 부대끼던 마음을 위로받던
접속 코드였던가

피로 회복 자양 강장제도 듣지 않는
슬픔을 훔치던 나이,

>
슬픔을 회피하지 않고
시금치나 쪽파를 다듬듯
가지런히 슬픔을 다듬던 어머니처럼

나도 그때 어머니 나이가 되어

이 골목에 들어
숨어서 우는 때가 더러 있다

그때 어머니처럼 나도

세상에 접속하는 비밀번호를
잊어버린 걸까

나는 자주 경주에 간다

누구에게나 그런 곳이 있다

생전 처음 온 곳인데도 언젠가 와 본 것 같은 곳
까닭 없이 마음이 편해
어디든 까무룩 졸기 좋은 그런 곳

나는 그런 느낌 때문에 경주에 간다
경주에 가서 경주의 바람을 따라
경주의 푸른 전설을 따라 그냥 한 바퀴 휙~ 돌다 온다
딱히 누군가를 만날 약속이 없어도
꼭 누군가를 만날 것 같아
나는 두근두근 경주에 간다

경주에 가서는
대한민국 사람 중 한 번도 안 가 본 사람은 없을 불국사와
석가탑 다보탑의 이른 새벽을 만나고

비 내리는 소나무 숲 흥덕왕릉을 들러
아무 죄책감 없이 지켜 온 왕의 사랑
세기의 사랑쯤은 될

그런 천년 사랑 감히 꿈꾸다가

경주박물관 삼화령 애기부처 천진한 미소를 따라
어쭙잖은 속인의 미소 하나 그려 넣고

해 질 무렵 마지막 코스
감포 바다 외딴섬 같은 감은사지를 찾는다

천 년 동안 면벽에 든 어느 새의 눈빛이
흐린 저녁을 따라 점묘화같이 날고 있었어

오래돼 갈라지기 시작한 탑신의 흰 밑동엔
동해의 물길이 드나들고

앙상한 떠돌이 개 몇 마리
탑돌이를 하고 있었지

발끝을 세운 우주의 문을 건너
이승과 저승 사이 운명이 아주 바뀐 것도 아닌데
한 여자의 서사가 곧추세워지는 경주

\>

아, 나는 생의 어디쯤에서
오랠수록 빛나는 어느 물길을 얻어
이토록 무장무장 흘러갈 수 있을까

그러므로 나는 자주 경주에 간다

이번 생은 경주에서 외지인이지만
한 죽음을 뛰어넘어
나도 이 땅에 살았던 현지인이었을지도 모른다는
아득한 거리감을 품으며

어디든 엉덩이를 깔고 까무룩 졸기 좋은 곳

천마도와 미추왕릉
원원사지 삼층석탑에 눈 맞추러

내일도 나는 경주에 간다

봄은

맨발로 뛰어나온 뒷집 여자의 피아노 건반 위로
밑동부터 달궈진 봄꽃들

골격 작은 편의점처럼 뛰어다닌다

봄은

뒷집 피아노의 것

울 때마다 주파수가 자라는

편의점을 자주 찾는
작은 여자의 것

비토에서

아직 죄를 모르는 어린 소녀가
까딱까딱
발목을 흔들며
옳은 세상을 배우고 있는
둥근

섬

다시, 돌아오는 꽃을 위하여

차성환(시인, 한양대 겸임교수)

김경 시인은 꽃의 시인이다. 그의 시에서 꽃이 등장하는 시편은 주로 바다, 특히 삼천포를 배경으로 한다. 아마도 시인의 고향이기에 그에 대한 기억이 많기 때문일 것이다. 서시序詩는 시집의 나침반 역할을 하는 경우가 많은데 시집『거짓말』의 첫 장에 놓인「신수도」는 경상남도 사천에 있는 '신수도'를 제목으로 하고 있다. 시인은 '신수도'를 "첫사랑을 버린 곳"(「신수도」)이라고 말한다. '신수도'를 떠난 그는 끊임없이 '신수도'로 되돌아간다. 그곳이 '나'의 모든 사랑이 시작한 처음이자 끝이기 때문일 것이다. 김경 시인은 그 사랑을 간직하고 기다리는 자이고 자신에게 새겨진 사랑의 흔적을 내밀하게 받아 적는 자이다. 사랑의 꽃이 다시 피어나기를 간절하게 기다리는 자이다. 그의 시는 한결같은 사랑의 기다림에서 피어나는 꽃과 같다.

애인의 첫 편지처럼
묻어 두기 아까운 꽃이 있습니다

그 꽃은 맵지 않고 순해서
누군가에게 띄우고 싶은
맑은 시 한 구절 같습니다

미처 외우지 못하고 보낸
봄날의 후일담처럼

벼락 맞아 찢긴 가지와 뿌리에서 마디까지
650년 동안 돌려보낸
꽃 잎파리의 파란만장한 여정을,
나비 등 같은 수정란의 사연을
여기 속기하려 합니다

평생 동안 나를 두근거리게 한 사람
그 사람 닮은 꽃

오늘은 흰 물결로 일어 저토록
뭉쳤다가 풀어지고
속까지 가득 하늘을 채워

다시 한 시절

만발하고 있습니다

—「고읍, 650년 이팝나무에게」 전문

여기 650년 수령의 "이팝나무"가 있다. 세상에는 자극적이고 화려한 꽃들도 많지만 이 "이팝나무"에 핀 "꽃"은 소박하고 수수하다. "애인의 첫 편지"와 같이 풋풋함과 순수함을 간직하고 있기에 "묻어두기 아까운 꽃"이다. "맵지 않고 순해서/ 누군가에게 띄우고 싶은/ 맑은 시 한 구절"과 같은 "이팝나무" "꽃". 봄날의 꽃들이 그렇듯이 그것의 향기와 아름다움에 눈을 뜨고 찬찬히 들여다볼라치면 어느새 낙화가 시작된다. 아직 여운이 가시지 않는 첫사랑의 흔적처럼 아쉽고 안타까운 것이 있을까. 첫사랑은 훌쩍 떠나 버리고 "애인"이 남긴 "첫 편지"와 같은, "미처 외우지 못하고 보낸/ 봄날의 후일담"만이 남아 있을 뿐이다. 그러나 단 한 번 피고 졌던 사랑의 흔적은 흐트러진 꽃잎들과 함께 사라지는 것이 아니라 삶과 죽음이 무한히 교차하는 생生의 축제로 부활한다. 첫사랑의 기억은 단 한 번의 상실에서 비롯되었지만 그것은 영원히 반복되는 사랑의 역사가 된다.

사랑의 꽃에는 아물지 않는 상처가 있다. 이 꽃을 피우기 위해서는 "벼락 맞아 찢긴 가지"의 아픔을 보듬어 안으면서 온갖 시련과 고통을 참고 견뎌야 한다. 이것은 "뿌리에서 마디까지/ 650년 동안" 매년 봄날이 되면 "꽃"을 피워 올리는 "이팝나무"에게서 배운 것이다. 지치지 않고 끈질기게 "650년 동안" "꽃"을 피운 "이팝나무"의 생애는 궁극적으로 우리

인간이 어떻게 사랑을 겪고 살아 내야 하는지를 알려 준다. 시인은 이 사랑의 역사를 받아 적는 사람이다. 삶과 죽음을 반복하는 "꽃 잎파리의 파란만장한 여정"과 "나비 등 같은 수정란의 사연"을 고스란히 시詩에 담아내는 사람이다. 650년 매해 이팝나무 가지에 피고 지는 꽃의 존재를 통해 시인은 잃어버린 어떤 사랑은 단순히 지나간 과거가 아니라 끊임없이 되돌아오는 영원한 반복의 형식으로 남을 수 있다는 것을 깨닫게 된다. 누군가에게는 잃어버린 사랑의 대상이 "평생 동안 나를 두근거리게 한 사람"으로 돌아올 수 있는 것이다. 시인의 운명은 그 사랑을 영원히 붙들 수 없지만 그 사랑을 끊임없이 기억하고 "속기"하는 형태로서만 주어진다. "이팝나무"는 그 실패한 사랑을 반복하는 주체이고 시인 자신이기도 하다. 만약 사랑의 신이 있다면 자신의 깊숙한 뿌리에서부터, 자신의 안에서 온 생애를 끌어올려 사랑하는 존재의 형상을 "꽃"으로 끊임없이 피워 내는 이팝나무가 바로 그 현현이지 않을까. 이팝나무 꽃잎들이 "흰 물결로 일어 저토록/ 뭉쳤다가 풀어지고/ 속까지 가득 하늘을 채"우는 장광이 펼쳐진다. 이로써 "한 시절"을 살아 낸다. 어찌 보면 우리의 삶은 그 사랑의 대상이 다시 돌아오기를 기다리는 시간들로 채워진 것일지도 모른다.

꽃을 기다리는 시인이라. 한국 시사에서 일찍이 김영랑은 시 「모란이 피기까지는」에서 모란이 사라진 현실에서 모란이 만개한 동일성의 세계를 그리워하는 화자의 모습을 통해 서정시의 정수를 보여 준 바가 있다. "모란이 피기까지는/ 나는 아직 나의 봄을 기둘리고 있을 테요/ 모란이 뚝뚝 떨어져 버린 날/ 나는 비로소 봄을 여읜 설움에 잠길 테요/ 오월 어느 날 그 하루 무덥던 날/ 떨어져 누운 꽃잎마저 시들어 버리고는/ 천지에 모란은 자취도 없어지고/ 뻗쳐 오르던 내 보람 서운케 무너졌느니/ 모란이 지고 말면 그뿐 내 한 해는 다 가고 말아/ 삼백예순 날 하냥 섭섭해 우옵네다/ 모란이 피기까지는/ 나는 아직 기둘리고 있을 테요 찬란한 슬픔의 봄을". 김경 시인의 시집 『거짓말』은 이러한 서정시의 전통과 맥이 닿아 있다. 그러나 사랑의 대상을 기다리면서 슬픔에 침잠하기보다는 저 이팝나무의 만발한 꽃잎들처럼 그가 다시 돌아올 것이라는 희망 쪽으로 몸이 기울어져 있다. 애잔하면서 밝고 건강하다. 떠난 사랑이 슬프지 않겠느냐마는 마음의 인장과 같이 새겨진 사랑의 흔적을 붙들고 이 사랑을 가능하게 한 삶을 환희로 살아 낸다. 시인은 곧 봄을 기다리는 이팝나무와 한 몸인 것이다.

오래 묵힌 입말같이
알레르기 비염 재채기같이

터지는 꽃이 있다

당신은 나와 멀지 않은 곳에 살고
밤마다 물총새가 우는 돌다리를 건너
당신과 나의 거리는

어느 시절이건 뼈저리게 곤궁했지만

이로 하여 죄다 고결한 당신은
어느 백척간두의 모롱이를 돌아

꽃으로 오고 있는가

여수 남해 삼천포
달뜬 해안선을 따라

한 꽃잎은 반짝이고
수만 꽃잎들은 글썽이는 둥근 고요

밀물에 바다가 자라는 순간처럼
쏴쏴 쏴쏴 꽃잎이 출렁거린다

꽃잎들이 잇몸째 출렁거리는
그동안을 나는

수국이라 부른다

　　　　　　　　　　　　　　　—「수국이라 부른다」 전문

　　김경의 시집 『거짓말』에는 꽃을 기다리는 시적 주체의 형상
이 선명하게 부각되어 있다. 시「수국이라 부른다」에도 "당신"
이라는 사랑의 대상이 "수국"으로 돌아오는 순간을 기다리는
'나'가 등장한다. "오래 묵힌 입말같이" 한순간에 "터지는 꽃"

은 "고결한 당신"을 닮아 있다. "당신은 나와 멀지 않은 곳에 살고" 있지만 "당신과 나" 사이에는 좀처럼 다가갈 수 없는 어떤 "거리"가 있었던 듯하다. 그것은 "죄다 고결한 당신" 탓이라고 할 수도 있겠다. 어느 때든지 손쉽게 만나는 범인凡人들의 연애가 아니라 오랜 "시절"과 "백척간두"를 빙 돌아서 겨우 마주할 수 있는 사랑을 꿈꾸기 때문이다. "당신과 나의 거리"가 "뼈저리게 곤궁"하고 좁혀지지 않았던 것은 너무나도 애절하게 사랑하기에 그렇다. "밀물에 바다가 자라는 순간처럼/ 쏴쏴 쏴쏴"거리며 꽃잎이 출렁거리는 장면은 사랑이 밀려오는 풍경이 아닌가. 사랑의 현현인 수국의 꽃잎들이 "잇몸째 출렁거"릴 정도로 강렬하게 '나'를 압도하고 있는 것이다. 그런데 이 시에 특기할 만한 점은 그 꽃의 이름을 "수국"이라고 밝히지 않는 데에 있다. 물론 그 꽃의 이름은 '수국'이 맞을 테지만 시에서 그것을 직접 명명했다면 좀 더 높은 시적 고양에 도달하지 못했을 것이다. "꽃잎들이 잇몸째 출렁거리는/ 그동안을 나는// 수국이라 부른다". 마지막 두 행을 다시 읽어 보면, 꽃의 이름을 '수국'이라 하지 않고 "그동안"이라는 어떤 특정한 시간에 '수국'이란 이름을 붙였다는 것을 알 수 있다. "그동안"은 서로 만나지 못했던 "뼈저리게 곤궁했"던 시간들과 "꽃잎"이 피기를 기다리는 시간, 꽃잎이 만개해서 출렁거리는 지금의 시간 모두를 포함한다. '그동안'은 꽃잎이 피기까지의 온갖 내력과 시간의 길이를 함축하고 있는 것이다. '수국'은 '나'의 기다림에 의해서 피는 꽃이다. '나'의 열렬한 기다림에 피는 '수국'은 '당신'의 사랑이기도 하지만 '나'의 기다

림과 믿음에 대한, '당신'의 뜨거운 답신이며 사랑이다. '나'
와 '당신'의 사랑은 "여수 남해 삼천포/ 달뜬 해안선을 따라"
꽃잎을 피우면서 그 사랑을 증거한다. 즉 그 모든 시간들이
"수국"이었다는 것, 내 모든 생애가 그 자체로 꽃이자 수국이
었다는 것을 말하고 있다. '~이라 부른다'는 동사는 그 시간
을 외부나 타인에 의해 훼손당하지 않겠다는 결연하고 강한
의지를 표명하고 있다. "꽃잎"을 기다리는 이 시간을 '수국'이
라고 부르겠다는 선언에 가깝다. 우리의 생애가 꽃의 이름을
달 수 있다면 그것은 얼마나 큰 축복이고 아름다울 것인가.

누군가 집 앞 공터에 버리고 간 이삿짐 더미에서
여기저기 뜯겨 나간
모란꽃 자개장을 보았다

급하게 개켜 넣은 주인 잃은 옷들이
늙은 자개장 속에서
종국의 기억을 찾으려고
안간힘을 쓰고 있다

아래턱이 빠져
완강하게 자물통까지 걸고 있지만
모란꽃 자개장은 이미 체면을 버린 채
지난 시간들을 움켜쥐고
일망무제의 이야기를 들려주었다

아직 살아 있다는 듯 간혹,
옷장 속 인연을 꺼내 말리던
씀바귀 같은 옷들이

큰 그늘로
작은 그늘을 보듬어 주며
부지런히 제 안에서
서로를 견뎌 내고 있다

그 곁에 서서
자분자분 여물어 가는 분꽃들

적막으로 회귀하는
한 생의 마지막을 받아 적고 있다

—「일망무제의」 전문

    누군가 이사 가면서 "모란꽃"이 그려져 있는 "자개장"을 버리고 간 모양이다. '자개장'은 지난 시절, 가정의 혼수 필수품으로 각광받았지만 어느 순간 무겁고 촌스럽다는 인식 때문에 이사 갈 때 버리고 가는 가구 1순위에 오르는 천덕꾸러기 신세가 되었다. '자개장'은 보통 집의 안방을 차지하는데 오랜 시간 한 가정의 출발과 성장을 지켜보고 함께했던 가구였다. 이제는 쓰임을 다해 "여기저기 뜯겨 나간" 몸에 흥망성쇠의 기억을 간직한 채 "공터"에 버려진 것이다. '나'는 버려진 "자개장"에서 소멸하는 "한 생의 마지막"을 목도한다. "지

난 시간들을 움켜쥐고" "적막으로 회귀하는" "자개장"의 모습
은 곧 우리 생의 마지막 모습이다. 자신의 정체성을 찾으려
고 "종국의 기억을 찾으려고/ 안간힘을 쓰"지만 서서히 힘을
다해 소멸하는 한 존재의 마지막은 서글프고 쓸쓸하다. 하지
만 "자개장"은 행복했던 "지난 시간들을 움켜쥐고" 자신의 생
애를 곡진하게 온몸으로 들려준다. "일망무제一望無際"의, 아
득히 멀어서 끝이 없는 삶의 "이야기"를 마지막 유언처럼 남
기고 있는 것이다. 그 곁에 있는 "분꽃들"은 마치 "자개장"
의 임종을 지키듯 그 "이야기"를 "받아 적고 있다". 시인 또
한 그 곁에 지켜 서서 이 풍경을 바라보면서 죽어 가는 한 존
재를 애도한다. 한번 핀 꽃은 언젠가 시들고 소멸하게 되리
라. 한 번뿐인 우리의 생애도 종국에는 소멸하게 될 것이다.
김경 시인은 타자의 죽음이라는 사건을 허무로 경험하지 않
는다. 죽음도 삶의 과정이며 결국에는 우리가 품어야 할 것
이다. 오히려 이 죽음이 우리 생애를 더 뜨겁고 아름답게 만
들 수 있다고 말한다.

마지막이란 생각으로
급히 피어서일까

집주인이 떠나고
덩그러니 남겨진 50년생 매화 한 그루
곁가지부터 꽃을 맺었다

꼿꼿하게 나머지 없는 세상을
살다 가겠다는 듯, 너는

바다 쪽으로만 고개를 꺾어 피었다
　　　　　　　　　　—「식물법 도리」 부분

　시집 『거짓말』에는 다시 돌아오는 꽃의 이미지가 강하게 인
장되어 있다. '꽃'은 사랑의 대상이며 이제는 죽어서 볼 수 없
거나 '나'에게서 떠난 존재로 드러난다. "산벚나무 피더니 덩
달아/ 죽은 청자 언니 같은 산수국 피었다"(「오늘은 우두망찰!」)
와 같이 시인에게 떠난 사람은 꽃으로 연상된다. 이처럼 '꽃'
은 주로 사랑하는 사람이 되돌아오는 이미지로 나타나지만
누군가를 외롭게 기다리는 존재로 표현되기도 한다. 시 「식
물법 도리」에는 "50년생 매화 한 그루"가 "집주인"이 떠난 텅
빈 집을 혼자 지키고 있는 모습이 등장한다. "매화"는 자신을
키우고 돌보던 "집주인"이 사랑의 대상이었을 것이다. 자신
을 돌봐 주고 지켜 주는 한 존재가 사라졌을 때의 막막함은 이
루 말할 수 없다. 마치 "매화"의 생이 얼마 남지 않은 것처럼,
"마지막이란 생각으로/ 급히" 꽃을 피우는 마음은 어떠할까.
시인은 "매화 한 그루"를 담담하게 바라본다. 사랑의 대상을
잃고 난 후에 "꼿꼿하게 나머지 없는 세상을/ 살다 가겠다"는
결연한 각오. 그것은 곧 자신의 모습이기도 하다. 세상 같은
것은 보지 않겠다는 듯이 "바다 쪽으로만 고개를 꺾어 피"는
"매화"의 순정은 초연하면서 열렬하다. 매화의 꽃 핌은 '당신'

이 없는 세상을 '당신'을 기다리는 '나'의 온몸으로 살아 내겠
다는 절절한 기도에 다름 아니다.

　　내 나이 열일곱 무렵부터 피던 꽃
　　첫사랑도 함께 피었다

　　삼천포 바다 푸른 물결을 타고 오른
　　붉디붉은 꽃송이들이

　　슬퍼도 서럽지 않아
　　애간장 타도록 피는 꽃

　　혼자 보며 술 취하기 좋은 꽃
　　술 깨고 나면
　　낯선 당신이 되는 꽃

　　문득, 달 지듯
　　동백 지면
　　붉은 소문만 무성할 저 꽃들의 운율이

　　어느 바다 용궁으로 숨어들었다가
　　내년에 다시 떠밀려 층층
　　붉은 동백으로 올까
　　　　　　　　　　　　　ㅡ「노산공원 애기동백」 전문

　노산공원에 있는 "애기동백"은 '나'가 "첫사랑"을 시작했

던 "열일곱 무렵부터 피던 꽃"이다. 사랑에 눈을 뜨게 되면서 "꽃"을 바로 보게 된 것일까. 아마도 "첫사랑"의 기억이 노산 공원에 핀 "애기동백"과 연관되어 있을 터이다. 흔히 "첫사랑"은 맺어지기 힘들고 영영 추억 속에 남게 된다. '나'에게도 실패한 사랑이 되었던 듯한데 그 "첫사랑"의 기억은 좀처럼 잊히지 않고 매년 피어나는 "애기동백"과 함께 찾아오는 모양이다. 이 시의 첫사랑은 "평생 잊고 싶은 당신"(「스카프처럼」)과 같은 사람일까. 평생 잊고 싶은 것은 '당신'이 평생에 걸쳐 도저히 잊히지 않기 때문일 것이다. 그 시절의 "첫사랑"은 사라졌지만 "슬퍼도 서럽지 않아/ 애간장 타도록" 만들었던, 그때의 강렬한 사랑의 감정은 지금도 열렬하다. "삼천포 바다 푸른 물결을 타고" 밀려오는 사랑의 감정은 주체할 수 없다. "동백"이 지더라도 "저 꽃들의 운율"이 "붉은 소문"으로 무성하듯이, "첫사랑"은 이뤄지지 못한 채 끝이 났지만 "첫사랑"의 기억과 잔상은 남은 한 생애에 계속 메아리치며 울리는 것이다. 그것은 잃어버린 첫사랑에 대한 열렬한 기다림이다. '나'는 "내년에 다시 떠밀려 층층"으로 피어날 "붉은 동백"을 기다린다. 그 기다림의 자세가 '나'의 생生을 단단하게 붙들어주는 것이다. '나'는 "첫사랑"이라는 사건 이후의 삶을 산다. 그 기다림은 한없이 가없고 간곡하고 애절하다.

기다림의 자세를 얻기까지 그의 삶은 녹록지 않았을 것이다. "어머니가 우리 여섯 형제 몰래/ 부랴부랴 울음을 훔치던 이 골목"(「비밀번호를 잊어버렸을까」)에 대한 기억이 있고 "순서대로 들이닥친 불행 때문에/ 살기 참 힘들었던 그해// 죽고 싶다고 입버릇처럼,/ 이럴 수도 저럴 수도 없을 때"(「아랫것」)를 겪기도 했다. "나를 탁본하면/ 여기저기 상처투성이 절망, 좌절"(「나를 탁본하다」)이 묻어 나오던 "상처의 시절"(「꽤나 이름값 하는」)을 지나오면서, "제 안에서 상처가 된 옹이를 보듬는 것"을 배우고 "가시가 있는 삶을 사랑"(「가시론」)하기에 이르기까지 쉽지 않았을 것이다. 세상은 "떠나거나 누군가를 기다리는/ 금방이라도 깨질 것 같은/ 유리구슬 같은 걸음들"(「꿍,」)로 가득하다. 그러나 그의 시를 통해 우리는 사랑하는 이를 기다리는 것이 곧 삶이라는 사실을 깨닫게 된다. "한 생을 견뎌 내는 일"(「그러므로 나여, 힘내라」)은 누군가를 간절하게 기다리는 데서 이루어진다. 김경 시인은 "꽃은/ 처음 꽃인 자리에서/ 이듬해 다시 꽃으로 온다"(「문득 연락드립니다」)는 믿음으로, 사랑하는 이를 기다리는 삶이 이토록 눈부시고 아름다울 수 있다는 것을 보여 준다.

김경의 시詩에는 바닷가에 흐드러지게 핀 애기동백과 턱밑까지 밀려드는 수국, 바람이 일 때마다 출렁이는 이팝나무의 흰 물결이 펼쳐진다. "이 뺨과 저 뺨이/ 캐스터네츠처럼 부딪쳐 소리 내는 바다"(「흑두루미 일지」)가 놓여 있다. 한동안 그의 시가 일러 준 꽃과 바다를 잊을 수 없겠다. 그것이 사랑의 화음이라는 것을, 열렬한 사랑의 증거라는 것을. 우리는 망연히 바다를 바라보면서 다시, 꽃이 돌아오기를 기다릴 것이다.